Herzsprung Verlag

Impressum:

Alle handelnden Personen, Orte sowie die Handlung selbst sind frei erfunden. Mögliche Ähnlichkeiten mit Personen, Orten oder Situationen sind rein zufällig und nicht beabsichtigt.

Besuchen Sie uns im Internet:
www.herzsprung-verlag.de

© 2022 – Herzsprung-Verlag GbR
Mühlstr. 10, 88085 Langenargen
info@herzsprung-verlag.de
Alle Rechte vorbehalten.
Originalausgabe Hardcover erschienen 2021

Lektorat: CAT creativ – www.cat-creativ.at

Fotos:
Maria Stehle (S. 33)
Helmut Schiemann (Cover, S. 11, S. 15)
Axel Kottal (S. 3, S. 5, S. 7, S. 19, S. 23, S. 29, S. 37, S. 41)

Gedruckt in der EU

ISBN: 978-3-98627-029-2 Taschenbuch

Der Ruf nach Freiheit

Gedichte

Jürgen Heider

Herzsprung-Verlag

Inhalt

Vorwort 5
Das Corona Gedicht 6
Wir sind nicht frei 8
Sei bei mir in dieser schweren Stunde 9
Corona ist da 10
Leben in Angst 12
Meine Freiheit ist nicht deine Freiheit 13
Achtung! Deutschland in Gefahr 14
Freiheit ohne Grenzen 16
Das zweite Freiheitsgefühl 17
Freiheit der Erinnerung 18
Hallo und Wiedersehen 20
Die Wahrheit 21
Das andere Leben 22
Das Ende der Freiheit 24
Ich bin fertig mit dir 25
Die Macht des Menschen 26
Die Freiheit von morgen 27
Keiner kennt das Neue 28
Alles hat mal ein Ende 30
Guten Morgen, liebe Freiheit 31
Der Ruf nach Freiheit 32
Gemeinsam fliegen wir in die Freiheit 34
Das einsame Ich 35
Zeit der neuen Freiheit 36
Verlass mich nicht 38
Sehen wir uns wieder? 39
Leben mit der Zeit 40
Sehnsucht nach dir 42
Die Freiheit ist tot 43

Vorwort

Liebe Leserinnen und Leser,

alles im Leben braucht Zeit und hat einen tiefen Sinn.

Ich bedanke mich bei Ihnen, dass Sie sich etwas Zeit nehmen und ich mit Ihnen meine Gedanken teilen kann. Durch unseren Alltag, den wir leben, vergessen wir oft das Wesentliche in unserem Leben.

Sich einfach Zeit und die Freiheit zu nehmen.

Ich möchte Sie auf eine Reise einladen! Eine Reise durch die Welt der grenzenlosen lyrischen Freiheit und mit aussagekräftigen Fotos, die Sie beim Lesen begleiten werden.

Jürgen Heider

Das Corona Gedicht

Tod –
mein Name Corona!
Vorname ist Virus, also Corona, Virus.
Tod ...
Wie aus dem Nichts ist er da.
China, wo alles begann in der Stadt Wuhan.
Italien hat es sehr schlimm erwischt – die Frau Corona und
die ganze Welt lebt in Angst.
Viele Tote, die nicht tot wären,
wenn dieser Virus namens Corona nicht wäre.
Eine Diva, die sich immer weiter auslebt
– sogar im kleinen Deutschland.

Was ist das noch für ein Leben?
Corona soll endlich verschwinden.
Quer über die Erdkugel bis nach Europa.
Und das kleine
Deutschland ist auch betroffen.

Wir sind nicht frei

Nichts im Leben ist so kostbar wie die eigene Freiheit.

Nichts ist wertvoller, als das Leben in Freiheit.
Ich bin frei wie ein Kind!

Aber sind wir so frei?

Nein,
wir sind nicht so frei wie damals.
Damals war alles anders als heute und es morgen sein wird.

Morgen wird alles anders ... so wie es damals war.
Alles wird anders, als es war.

Waren wir damals frei, sind wir es heute nicht mehr.
Das Leben war einmal anders.
Wir waren alle noch klar bei Sinnen,
doch heute sind wir nichts.

Gefangen sind wir in unserer eigenen Angst,
die immer im Leben da war.

Doch heute ist es anders, denn unsere Angst raubt uns
die Freiheit und dadurch sind wir nicht frei.

Sei bei mir
in dieser schweren Stunde

Es ist Zeit.
Zeit, die keine Zeit ist.

Es ist eine andere Zeit als sie damals war.
Damals war sie anders!

Heute ist es schwer, um Zeit zu bitten.
Sei bei mir und lebe mit mir – jetzt.

Erlebe diese Zeit aufs Neue in dieser schweren Stunde mit mir.
Halte mich fest und verlasse mich nicht
in diesen Stunden der einsamen Zeit.

Habe keine Angst von der Zeit, die du lebst.

Du gehst und lebst mit der Zeit.

Corona ist da

Das Leben ist einsamer geworden.
Die Straßen sind alle leer
und alle sind in ihren Häusern.

Das Leben mit der Angst und der Frage, was passiert morgen?
Corona zieht durchs Land, kein Mensch kann dir sagen,
wann seinen Rückzug angeht.
Wir haben den Kampf mit einem Phantom aufgenommen,
aber zum Glück hat dieses Wesen einen Namen:
Man nennt es Frau Corona, Virus!

Leben in Angst

Ich lebe. Er lebt.
Wir haben damals gelebt.

Ja, damals war alles anders. Anders als es heute ist.

Anders.
Wir leben in Angst,
die wir haben.

Die Zeiten haben sich verändert.

Wir leben nicht mehr das Leben,
das wir mal gelebt haben.

Leben in Stille und Angst.
Die Furcht vor dem anderen ist da
und wir leben in Angst.

Das Leben wird anders.
Aber wann?
Wann kommt die erwünschte Freiheit zu uns zurück?

Und wann werden wir das Leben von damals leben?

Wir werden wieder frei leben,
nur anders als es zuvor einmal war.

Meine Freiheit ist nicht deine Freiheit

Alles ist anders und jeder denkt anders.

Jede Freiheit ist nicht die gleiche.
Anders als deine ist meine Freiheit das Leben,
das ich lebe.

Ich bin nicht frei im Leben.
Ich lebe es, wie ich es wahrnehme,
und du lebst es anders als ich.

Meine Freiheit ist nicht dein Leben.
Ich lebe nur für mich in meiner Freiheit
und berühre dein Leben nicht.

Das Leben ist anders geworden.

Achtung! Deutschland in Gefahr

Es ist eine Gefahr in Deutschland.
Diesmal nicht der Klimawandel,
nein, die Welt ist nicht mehr so, wie gestern war!
Sie ist in Gefahr.
Die Seuche ist schon längst da.
Kein Mensch weiß, wie man das
Ende bzw. eine Lösung finden kann gegen den Tod
und für das Leben.
Jeder hat Angst!
Angst um sein Leben und um das, was morgen passieren wird.
Es wird etwas passieren, nur was?
Fragen über Fragen und niemand kennt die Antwort.
Unser Land – mein Land lebt in Angst.
Angst vor dem nächsten Morgen
sowie dem
nächsten Abend.
Achtung – Deutschland in Gefahr!
Was ist aus dem Land geworden,
das einmal so stark und mächtig war?
Nein, die ganze Welt ist in Gefahr
und keiner kann dir sagen, was morgen ist.

Freiheit ohne Grenzen

Wie war es damals … damals die Freiheit!
Damals war alles anders als heute.

Und morgen ist es wieder anders, als es heute ist.
Freiheit ohne Grenzen, das war damals
und heute leben wir eingeschränkt.

Sie ist nicht mehr erreichbar für uns.
Grenzen sind dazu da, überwunden zu werden.

Doch können wir die Grenze überwinden
und wieder in Freiheit leben?

Das Leben kann keiner neu erfinden,
aber die Freiheit kommt mit der Zeit zurück.

Das zweite Freiheitsgefühl

Ich kann es nicht sehen, aber es kommt auf mich zu.

Ich kann es nicht anfassen, aber ich spüre es.

Ich kann es nicht ausleben, aber ich lebe es.

Das Gefühl.

Es fühlt sich frei an.

So frei war ich damals nie.
Es ist das Gefühl, als wäre die Freiheit nicht weggewesen.

Freiheit der Erinnerung

In meinem Traum war ich frei.
Frei war ich.

Ich erinnere mich, als ob es gestern war.
Frei!
Und es war kein Traum, sondern Wirklichkeit.

Ich sehne mich wieder nach der Freiheit zurück.
Aber bin ich wirklich frei, wenn ich frei bin?

Die Erinnerung der Freiheit lebt in und mit mir.

Hallo und Wiedersehen

Alles begann wie aus dem Nichts.
Sie kam und sagte: „Hallo.“
Das kam wie aus dem Nichts.
Freiheit, wie aus dem Nichts ist sie da.
Da, daheim und in uns ist die Freiheit.
Ja, ich bin ein freies
Wesen.
Denke nicht nach und sage: „Hallo und Wiedersehen“,
zu meinen Menschen.
Die Freiheit hat eine Pause, aber wir suchen sie neu
– unsere Freiheit für das Leben.
Wie wollen sie wiederhaben, aber wir bekommen sie nicht.
Wir werden uns wiedersehen … irgendwann bist du wieder da.

Freiheit …

Die Wahrheit

Es ist nichts als die Wahrheit und doch eine Lüge.

Eine Lüge um die Freiheit.

Der Mensch ist nie frei.
Er ist zwar wie er ist, aber er ist nie frei.

Wahrheit.

Gibt es eine Wahrheit der Freiheit?
Wann bin ich frei
und werde die Wahrheit über das Leben kennen?

Das Leben hat keine Wahrheit,
sondern die Wahrheit ist das Leben, das wir leben.

Das andere Leben

Wir leben,
aber wie leben wir?

Wir leben, wie wir sind,
aber wie sind wir wirklich?

Wie im Krieg leben wir.
Alle haben Angst – Angst vor dem
Nachbarn und dessen Gegenüber.

Wir lassen uns in dieser Zeit der Coronakrise leiten.
Leiten von anderen Menschen, die selbst nicht mehr wissen,
wo das Ziel ist.

Der Mensch ist nicht mehr Mensch,
sondern sein eigenes Opfer!

Das Ende der Freiheit

Nichts im Leben ist so schmerzhaft wie
der Verlust der Freiheit.

Du hast deinen Verstand verloren
und somit deine Freiheit.

Das Leben ist nicht mehr lebenswert.

Das Ende der Freiheit ist da.
Ich habe Angst, meine Freiheit zu verlieren.

Aber ich habe sie schon längst verloren.

Das ist mein Ende.
Nicht mehr frei zu sein.

Ich bin fertig mit dir

Kann es nicht fassen.
Es ist nicht mein Leben, das ich lebe.
Ich bin ratlos.

Was passiert mit mir?
Ich kann es dir nicht beschreiben,
aber ich bin fertig mit dieser Welt.

Keine Freiheit in Sicht
und in meinen Augen ist nur die Dunkelheit.
Ich bin nicht mehr ich, sondern jemand anders.

Aber wer bin ich, wenn ich nicht mehr ich bin?
Ein anderer, der seine Freiheit noch hat?

Ich bin fertig mit dir.

Die Macht des Menschen

Es ist schlimm, wenn du nicht frei bist.

Du denkst, dass du frei bist, aber du bist es nicht.
Du lebst in Gefangenschaft.
Menschen, die mächtiger sind als du,
haben die Macht über dich.

Du bist nicht mehr frei,
sondern lebst nach den Vorgaben eines anderen.
Du bist nicht mehr du selbst.

Die Freiheit von morgen

Alles wird anders und das Leben
wird anders als zuvor.

Leben wir noch im Hier und Jetzt?

Wir leben jeden Tag, den wir haben,
und suchen die Freiheit von morgen.

Aber es wird eine andere Freiheit als die,
die wir damals hatten.

Die Freiheit von morgen ist nicht die von heute,
sondern eine andere.
Nichts wird jemals so sein, wie es einmal war.

Alles wird sich verändern.
Niemand kennt das andere, was kommt,
aber es kommt etwas Neues auf uns zu.

Keiner kennt das Neue

Jeder von uns hat eine Idee von seinem Leben, das er lebt.
Doch wir stehen am Anfang dieses Lebens
und nicht am Ende.

Wir müssen einen Anfang wagen und das,
was damals war, vergessen.

Es wird nie mehr so sein, wie es damals war.
Dein Leben gehört nur dir
und keiner kennt deinen nächsten Schritt, den du gehst!

Wir sollten das Neue wagen
und uns auf die Reise in das neue Leben wagen,
das wir leben werden.

Alles hat mal ein Ende

Das Ende vor dem Anfang.
Alles hat mal ein Ende,
auch die Freiheit von uns!

Ja, die Freiheit hat auch mal ein Ende
und kein Anfang in Sicht.

Wir leben im Hier und Jetzt,
aber die Freiheit von damals ist verschwunden.

Wie aus dem Nichts waren sie weg,
die Freiheit und das Leben.

Alles war anders, damals wie es heute ist.
Ich spüre das andere Leben und das Anderssein.

Ich bin anders.

Guten Morgen, liebe Freiheit

Wie sehr vermisse ich dich.
Die Sehnsucht nach dir ist groß.
So groß war sie noch nie!

Ich vermisse dich.
Mir kommt es so vor, als hätten wir uns gestern gesehen?

Ich habe Angst, dass du mich verlassen hast.
Mein Ruf nach dir wird nicht erhört.

Ich frage mich: Wo bist du?
Wo ist das, was damals war?
Kein Tag vergeht,
an dem ich an dich nicht denke, liebe Freiheit.

Der Ruf nach Freiheit

Nichts ist so, wie es ist und sein wird. Alles ist anders.

Ruf der Freiheit.

Ich lebe, wie ich bin
und wie ich war.
Ich lebe anders als du
und du lebst anders als ich.

Ruf nach Freiheit.

Ich rufe dich.
Noch nie war meine Sehnsucht so groß nach dir wie jetzt.
Ich rufe dich.
Freiheit.

Freiheit.

Der Ruf nach Freiheit.
Ich will frei von Angst leben und reisen,
aber unsere Freiheit liegt noch in weiter Ferne.

Gemeinsam fliegen wir in die Freiheit

Ich fliege.
Ich bin bereit.
Bereit, mit dir in die Freiheit zu fliegen.
Aber wo ist die Freiheit?
Wo ist das Fahrzeug für die Freiheit?
Ich suche sie, aber finde sie nicht, die Freiheit.

Wir fliegen in die Ferne
und gemeinsam finden wir sie.

Die Freiheit für's Leben, um wieder zu leben.

Das einsame Ich

Verlassen.
Nicht gefunden werden.
Nicht da sein.
So bin ich.
Leben in der Einsamkeit.
Die Einschränkung meines Lebens ist groß.
Sie ist da, die Einsamkeit des Lebens
und die Angst umgibt mich.
Ich fühle mich einsam.
Verlassen und nicht geliebt.
Sterbe fast in der Einsamkeit.
Der Ruf nach dir ist groß,
sodass ich meine Einsamkeit vergesse!

Zeit der neuen Freiheit

Nichts im Leben ist so kostbar wie die eigene Freiheit.

Wir leben frei. Ich lebe frei.
Doch was ist, wenn uns die Freiheit geraubt wird?

Leben wir dann in Angst, nur weil wir nicht frei sind?

Sind wir frei?
Und leben so wie ihr seid?

Zeit der neuen Freiheit.
Wann kommt sie zurück?

Wir brauchen Zeit.
Zeit, um das Alte loszulassen.
Für das Neue, das kommen wird.

Die Zeit der neuen freien Zeit wird kommen.

Wird es anders als es damals war, in dieser neuen freien Zeit?

Verlass mich nicht

Ich habe Angst vor dem, was war.
Ich habe keine Vergangenheit mehr
und keine Zukunft.

Nichts ... ja, nichts ist sie.
Sie hat mich verlassen ... die Freiheit von gestern.
Verlassen, was damals war.

Das Neue kommt.
Bitte lebe mit mir und verlasse mich nie wieder.
Du hast mich damals verletzt, als du von mir gingst.

Mache nicht den gleichen Fehler wie damals.
Verlasse mich nicht.
Lebe mit mir
und gehe den Weg mit mir bis zum Ende.

Sehen wir uns wieder?

Heute, vorgestern oder letzte Woche?

Wann war das, als ich dich gesehen habe?
Ich dachte, es war gestern.
Oder war es nur ein Traum?

Wann sehen wir uns wieder?
Das Leben ist nicht mehr das, was es einmal war.

Wir werden uns wiedersehen, wenn die Zeit reif ist.
Aber wann wird das sein?

Vorerst leben wir nicht so, wie wir sind.

Leben mit der Zeit

Wir leben und gehen mit der Zeit.

Aber geht sie mit uns?
Zeit zum Leben in unserer Freiheit, die wir haben.

Mit dem Leben, das wir leben, etwas machen.

Zeit für Freunde haben
und dadurch neue Freiheit im Leben gewinnen.

Das ist die Freiheit von morgen.

Sehnsucht nach dir

Sehnsucht.
Leben und wissen!

Ich lebe mit der Sehnsucht oder sie mit mir?

Lebe nicht in Freiheit,
sondern im Entzug der Freiheit.
Habe kein Wissen und Gewissen mehr.

Das Leben, das ich lebe, raubt mir die Kraft.

Die Sehnsucht nach dir ist groß,
aber ich kann dich mit meinem Ruf nicht erreichen.

Die Freiheit ist tot

Das Ende und der Anfang. Langsam bin ich hoffnungslos.
Die Suche nach dir ist von Schmerz geprägt.
Ich finde sie nicht, die Freiheit, die ich suche.

Ich frage dich: Bist du schon tot?
Ich rufe dich, aber keiner antwortet mir.
Suche nach dir, aber finde dich nicht.

Ich frage dich: Bist du schon tot?
Freiheit, die du einmal meine warst.
Ich vermisse dich und frage mich immer wieder:
Bist du tot?

Ich habe Angst, dass ich nie wieder frei bin.
Frei, das will ich nur für dich sein.

Der Autor

Jürgen Heider wurde 1989 in Karaganda (Kasachstan) geboren. Heute lebt er mit seiner Familie in Freiburg. Seit seiner Geburt hat er eine Köperbehinderung. Deshalb besuchte er von 1997 bis Sommer 2009 die Esther-Weber-Schule für körperbehindere Schüler in Emmendingen-Wasser. Vom Sommer 2007 bis Sommer 2009 absolvierte Jürgen Heider das zweijährige Berufsvorbereitungsjahr. In diesen zwei Jahren konnte er viele praktische Erfahrungen für seine berufliche Zukunft sammeln und hat je ein Praktikum bei der „Badischen Zeitung" in Emmendingen und der „Zypresse" Freiburg gemacht. Außerdem nahm er an einer Arbeitserprobung im Integrationszentrum für Cerebralparese in München mit dem Schwerpunkt einer kaufmännischen Ausbildung teil. Nach einem Praktikum beim Behindertenreferat im Erzbischöflichen Seelsorgeamt arbeitet Jürgen Heider heute bei den Caritaswerkstätten Freiburg für Menschen mit einer Behinderung.

***

Fotograf **Axel Kottal**: Seine Leidenschaft ist die Tierfotografie, da das Verhalten von Tieren so interessant und aufregend ist, dass es immer wieder Neues zu entdecken und damit auch zu fotografieren gibt. Darum möchte er auf meinen Tierbildern etwas zeigen, was die meisten Menschen nicht kennen oder noch nie gesehen haben, wie das anmutige Flugbild eines Vogels, kämpfende Feldhasen in der Brunftzeit oder der genervte Blick einer kleinen Eule, die beim Schlafen gestört wurde.

Seine Bücher

Worte zum Abschied
ISBN: 978-3-96074-022-3

Worte zum Abschied ist ein Gedichtband, der die LeserInnen animieren soll, über das eigene Leben nachzudenken. Alle Menschen, die das Buch in Händen halten, sind eingeladen, sich ein Bild von der Gedankenwelt des Autors zu machen und zu sehen, wie er fühlt.

Zeitlos
ISBN: 978-3-96074-034-6

Zeitlos ... und doch nicht zeitlos sein ...
In der heutigen Gesellschaft spielt Zeit eine sehr große Rolle. Daher vergessen wir oft, wer wird sind und wofür wir leben. Zeitlos ... gibt einen ersten Einblick in die literarisch-lyrische Welt des Autors.

Weihnachtsträume
ISBN: 978-3-86196-899-3

Wie ein Zauber ist es da … alle Jahre wieder und schon steht das Weihnachtsfest vor der Tür. Besonders in dieser dunklen Jahreszeit möchte ich Sie einladen: in eine andere Welt einzutauchen, die Sie zwar kennen, aber neu erleben können.

9 783986 270292